相対化する視線から生まれる詩の自由

佐川亜紀

野木ともみ詩集『その日も曇

本詩集の巻頭詩「想像」では、「飛行機の窓から」地上を見る視線を捉え、さらにその視線について「あそこから見下ろす肉眼に／わたしの姿は映っていない」と冷静な判断を下している。主観性だけではなく、双方向の客観性が作者の個性だと印象づける作品だ。詩的想像力に関して、ふくらむ方向と本質を追求する二方向があるとすると、野木ともみさんの想像力の特徴は後者の要素が濃いだろう。

第二詩集『屋上のボール』（二〇二二年、砂子屋書房）の「あとがき」を読むとずいぶん各地に引っ越しを繰り返したことが分かる。福岡県の病院で生まれ、すぐ東京都に移り、「3歳からブラジルに3年」と海外でも暮らしている。さまざまな土地に住んだ経験は、自己を見る目における相対性をもたらしたようだ。

作品「あやふやな終わり」は数字を使ったモダニスティックな表現で曖昧さの重要性を浮き彫りにして、おもしろく優れている。

あやふやな終わりのとなりにすわっていよう
立ち上がったらもう何も感じないのだから

現在、人類の終末が話題になっているが、終末はきっと「あやふやな終わり」だろう。人工知能に明確な答えを求めるより「あやふや」のとなりで感じ続けるのが詩において大切だ。

詩集名となっている詩「その日も曇天で」のなかでも「近づいてくる同調の波」を感じながら、快晴の光の渦には巻き込まれず、曇天の日常で人々とつながる姿を描く。曇りの日にこそ見える自分と世界がある。

詩「命令形」は、言語と文化を考えるうえで意味深い。日本語学習教室で、命令形の練習が「父が子に向かって言うという設定で」行われる。命令形の人間関係の原型だろう。ただ、父は、複雑な人間像を示す。「クリスには血のつながらないお父さんが三人いる／国もことばもちがう人もいるし／思い出したくもない人だっている」。そのうえ、命令形は国が使用することが多い。文法の社会的役割を認識させせられる。

命令形は使いたくないが練習しておく

他国のことばで命令しなければならないとき
　命令されるときのために

　第一詩集『図工室のリリアン』（二〇二一年、砂子屋書房）収録の短篇小説「ブライアン・フェレル」にも日本語ボランティアを務めたときの交流が語られている。

　第一詩集から立て続けに本詩集まで三冊の詩集を出版する作者の真剣な意欲に打たれる。学生時代から同人誌に参加し、短篇小説を書いていたそうだ。

　本詩集の詩「今生の別れ」で、「とにかく行く」「行かなきゃならない」と語られる内面の声は、詩を書く決意を表しているようだ。

　詩「バレエ少女」では「思いっきり／自由に靴音を鳴らして駆けていく」と詩の源に潜む自由への憧れが美しく描かれている。

　既成概念を相対化する透徹した視線は、自由を生み出す。言語と世界に深い洞察力を持つ詩人の確かな歩みが伝わってくる会心の詩集である。


野木ともみ詩集・その日も曇天で・栞・二〇二五年一月・思潮社

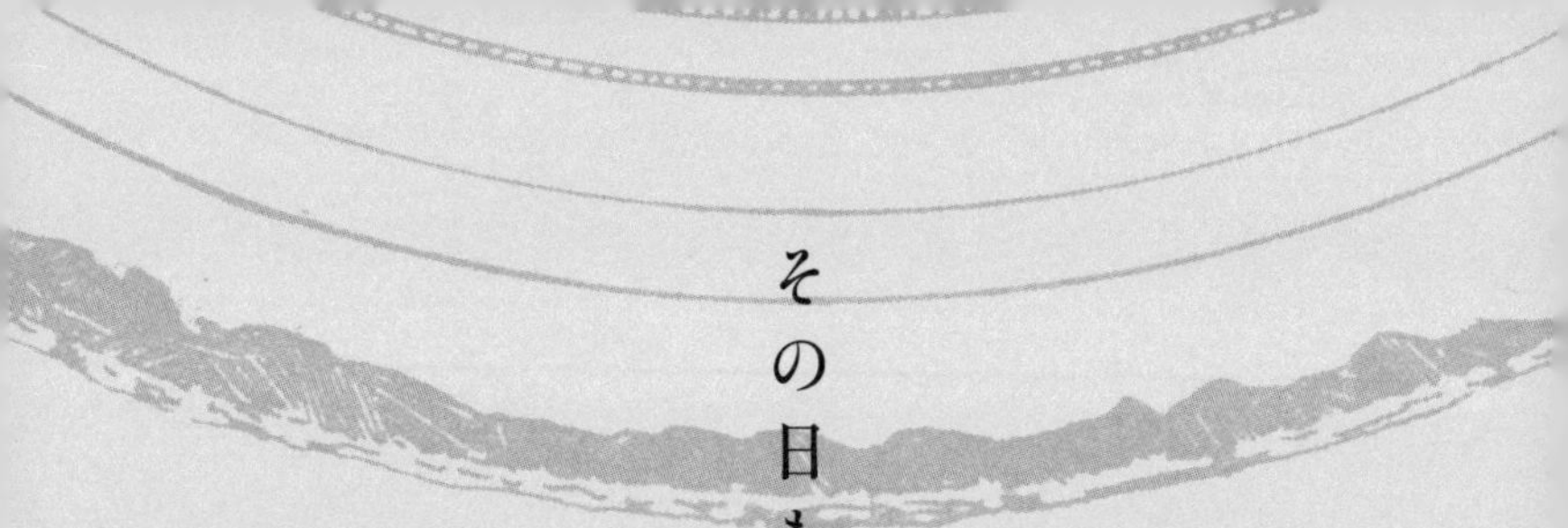

その日も曇天で

野木ともみ

思潮社

その日も曇天で

野木ともみ

思潮社

装幀＝思潮社装幀室

目次

I

II

III

その日も曇天で

I

想像

高度何千メートルだろうか
飛行機の窓から下をのぞくと
山脈や平地や川や海が見える

地下はもとより
地上の生きものは何も見えない

高度何千メートルだろうか

地上から空を見上げる
点のような飛行機が飛んでいる

今わたしは
平地のどこかにいるはずだが
あそこから見下ろす肉眼に
わたしの姿は映っていない

あやふやな終わり

あそこにいる1、2、3、4、5
集まったり離れたり走り回ったり
楽しそうだ

呼びかけて近づくと
にこにこして遊びに入れてくれる
集まったり離れたり走り回ったり

ずっとこうしていられたらいいのに

でもそうはいかない
1がいきなりすわると
それを見た2がすぐとなりにすわる
「1抜けた」
1は立ち上がって走り去る

2のとなりに3
3のとなりに4
4のとなりに5
5のとなりにわたしがすわり
みんな抜けて別のところへ走り去った

何の前触れもなく
先をあらそってみんな行ってしまい
あやふやな終わりだけが残された

わたしはすわったまま
ついさっきまで
集まったり離れたり走り回ったりしていた
楽しいときを思い浮かべた

この遊びがきれいさっぱり終わるのは
ここを離れるとき
それまで

あやふやな終わりのとなりにすわっていよう
立ち上がったらもう何も感じないのだから

帰郷

山頂の天守閣
明けても暮れても眼下の町をながめている

小さなふるい城下町
観光客は有名どころを見物したら
二日で去っていく

ある午後

ひなびた駅のそば
ホテルの窓から
ひとりの若者がずっとこっちの山頂を見ている

その若者は
滞在する一週間
山頂まで来たあと
殺風景な通りや
古い学舎の跡地や
ものさびしい墓地を歩きまわった

その若者は
発つ朝

強い雨でびしょぬれのホテルの窓から
こっちの山頂を見ていた

いつだったかずいぶん前
山頂によく来ていたまだどこか幼い顔の人
学生服をぬいで
遠く離れた都会へ働きにいった

山頂の天守閣
明けても暮れても眼下の町をながめていて
何十年かぶりにあの人に似た姿を見た

降りるところは

恋人と雑踏の中をゆるゆる歩いていて
何の気なしに足を移した動く歩道
うまく乗せられすーっと進む

いきなり腕を強くつかまれ
そっちを見ると
動く歩道の外側で
恋人がなんでなんでの涙声

あっと思ったら
自分を乗っけたものが
この機を逃さず高速前進
恋人を後ろへふっとばす

たいへんだ
はやく行くんだ終点に
前に連なる人たちを
すみませんすみませんと追い抜いて
一目散に走りだす

降りるところはどこですか

ずっとずっと先ですよ

とびおりようと
手すりに足をかけて固まるあまりの速さ
どうしたわけかさらなる加速

わたしの肩をだれかがたたく
励ますようになだめるように

動く歩道に乗った人たち
前を見たり後ろを見たり合図をし合ったり

仕分けされて

近くの造園業者が
看板をおろすらしい
入口に庭石用の石
立て看板に「無料」と走り書き
敷地の中に同じような石
立て看板に「非売品」と正書

いつまでも自分が安住できないせいか
仕分けされて石たちがどうなったか
気になってしかたがない

おもいめぐらすかれらの居場所
地球の全部
宇宙のかなたまで
追っていくうちに

自分の中にいる微量の鉱物が
勝手にさわぎだす

子孫へのねがい

自分の命のもとから枝分かれして
奇跡的に残った小さな新芽が
たまたま居合わせた場所で
子孫として生きていく

何度も足がすくみながら

自分は子を誕生させ

生きる困難を負わせ
未来の世界でつよく生きてくれと
無意識のうちにねがっている

自分は
とおいとおい祖先が
運命に翻弄され
生まれてくる子に
未来の世界ではつよく生きてくれと
何世代も何世代もねがいつづけた末裔だとしたら

祖先もみんな
どこかしらつよく生きられなかったのだろうか

夜勤明け

朝がきてすっかり明るくなるころ
引継ぎをして職場を出る
多くの人が急ぎ足で行き交っている

朝はたいてい仕事や所用の始まり
自分はそれを終えて帰っていくところ
疲れもあるし
何時までに帰るということもないから

とろとろ歩いていく

部屋でカーテンを閉めて数時間眠ると
起きて無為に雑事をかたづける

夜勤が続くようになって

たとえば都合がいいのは
断りたい付き合いを心おきなく断れること
外の混雑を避けてゆっくり楽しめること

たとえば都合が悪いのは
断りたくない付き合いをやるせなく断ること

外の閑散とした空気が物足りないと感じること

多くの人が働いているときは解放され
多くの人が解放されているときは働いている

時間と感覚のずれ
おかげで
前は気にくわなかった孤立感と
少しずつ気が合うようになってきた

待ち合わせ

異性とのかつての待ち合わせ
近づく前から見つけたくない見つけられたくない
違う方を見たり
持ち物を確かめたり
とっくに見つけていながら
目の前で気づく
相手は壁に背中をつけて立ったまま
本を読んでいた

近づく前から見つけたら
光るもやの先に
どこまでもつづいていそうな時間が
すぐ始まってしまう

年老いた親との近ごろの待ち合わせ
遠くから見つけようと
さがし物でもするようにあちこち見まわす
いちはやく見つけたら
ぼんやり座っている相手に
気づかせようと両手を大きくふる

近づく前から見つけたい見つけられたい
白いもやの先で
まもなく途絶えようとしている時間を
すぐ始めてしまう

浪費癖の人

物を運ぶ仕事
食料品から危険物まで
運んでも運んでも追いつかず
体力尽きてやめた

警備の仕事
ショッピングモールやビルや工場
昼も夜も熱波の日も寒波の日も

欠勤続きの同僚の肩代わり
体力尽きてやめた

不動産売買の仕事
土地持ちの人に売るように
土地がほしい人に買うように
片っ端から無理に勧誘する
精根尽きてやめた

学習塾の仕事
それぞれの子どもに合わせたスケジュール
塾長、保護者、子どもたちの言動が
わずかな休みのときも頭から離れない

精根尽きてやめた

体力の
精根の
持ち分を気前よく使い果たす人
切り詰めるばかりのこっちが
卑怯に思えてくる

II

アイスクリームとボルガライス

細身の背中にリュック少々さがり気味
足の長い身軽な二十代
老齢の病人が危篤と知らされ
飛行機で入院先にやってきた

ちがうよ
そうだね
わかったよ

老いた病人のわけのわからぬひそひそ話を
適当なあいづちでやりすごし

面会の制限時間十分が過ぎたところで
すばやく立ち上がる
またくるから、じゃあね

このあと
点滴だけで何日も口にしていなかった
危篤老人はアイスクリームを食べ

このあと
細身の背中にリュック少々さがり気味

孫は店の前に四十分並んで
オムライスの上にカツをのせた
大盛りボルガライスを
むちゃくちゃ腹いっぱい詰めこみ
飛行機にのって帰っていった

松の人

砂浜に沿ってつづく松林
少し奥に昔の平屋
だれかの別荘らしい

毎年冬の一か月
持ち主が寒々しい海をながめて過ごす
その間
なじみの雇人が身のまわりの世話をするが

この冬は
代わりの人が臨時で雇われた
食事の準備と清掃、洗濯のほか
毎日和服の着がえを手伝うよう
申し送りがあった

朝と夕
ねまきから部屋着に
部屋着からねまきに
和服の着がえを手助けする
その間
持ち主は少し両手をひろげ

心もち上半身をななめ前にして
立っていた

やがて
持ち主はひとり静かに日を送って
ふだんの住居へ戻っていった

代わりの雇人も清掃を終えて別荘をあとにした
砂浜に沿って歩いていくうちに
何となくゆかしい気持ちになる

積年の海風にさらされる
たくさんの松の木が

神妙に枝をひろげ
やや前傾して立っていたものだから

今生の別れ

ひと頃親しくつきあった人が突然現れました。

闘いに行く
たたかう？

闘うことにした
なにと？

そのことを言いにきた
なぜわたしに？

わかってくれると思った
わからないよ

わたしたちは十代のある時期ある場所で
同じ種類の人間だと感じてつきあいました。
共に描いた夢は実現せず別々の道を歩いてきました。

とにかく行く
ほんき？

行かなきゃならない
どうして?

どうしても
どうしても?

さよなら
さよなら

わたしたちは十代のある時期ある場所で
同じ種類の人間だと感ちがいしてつきあいました。

もともと違う種類の遠いその人は

わたしとの今生の別れを果たしたと同時に
わたしの頭蓋骨の中に飛びこみ
きれいに弾んで着地しました。

ジープの運転手

南米の丘に住む外国人家族
幼い兄弟が学校まで
ジープで送迎されていた

ジープは
森林におおわれた山をひとつ越え
がたがた左右にゆれ
たまった雨水を飛び散らしながら

兄弟を運ぶ

運転手は子どもが乗り降りするときも
運転席に座ったきり前を向いていたし
子どもたちも
現地の「ありがとう」を小声で言うだけで
後部座席で口をきかない

ある日
時間になっても迎えのジープが現れず
牧師先生の車で送ってもらうより
待つことを選び

日暮れ前
学校で一晩過ごすより
歩きだすことを選んだ兄弟は
暗くなる世界に
ひたすら足を前へ前へと進ませた

意識が薄くなり始めるころ
一台のジープが闇を切って照射する
助手席から飛び降りた親は兄弟を抱きしめ
自分のせいで遅れたことを詫びた
運転手は運転席で前を向いていた

年老いた兄弟は別れ別れになり

たくさんのことを忘れたが
ふとした折に
誰ともつかぬ運転手のうしろ
ふたり子どもになって座っている

花の仕打ち

城跡に咲く花を見ようと
お堀の橋をわたる人の列

ひとりの勤め人も
橋をわたり
花のそばまできたが
たくさんの花見客にはばまれて
奥に咲いている花には近づけない

引き返す人と奥へ進む人
二つに分かれていく

勤め人は引き返す人波に混じり
奥へ進む人波にかつての恋人を見つけた
たいせつな人だ

引き返す橋の上から
街の大通りに目をやると
城跡の外から花をながめて通り過ぎていく別の人波
成人した我が子が

赤ん坊を抱いて
だれかと談笑しながら大通りを歩いている
たいせつな人だ

大勢の知らない人の流れで
たいせつな人と離されていくではないか

花のせいだ
と思ったとき
勤め人のささやかな毒気は抜かれてしまった

命令形

ここの日本語インストラクターは
まちがえてもこわい顔をしない

日本語の動詞の命令形を
父が子に向かって言うという設定で練習する

インストラクターが留学生たちに
いろいろな動詞の命令形を言わせていく
クリスがなんとか答えたあと

ななめうしろに座っているジェシーの番
ジェシーは両手をちょっと左右に上げて
だまっていた

インストラクターはさっきやった命令形の
つくりかたをもう一度くりかえし
口を大きくあけてゆっくり発音しながら
やってみてと指示した

ジェシーは真顔で答えない

命令形を言う二回目がまわってきたとき

クリスはすぐ言えたが
またジェシーのところで止まった

ジェシーは即座に
わかりませんと言った

インストラクターは
あとでいっしょにやりましょうと言って
次のアクティビティにうつった

クラスが終わり
インストラクターとジェシーが残って
向かい合っていた

ジェシーは泣きながら
お父さんのことは思い出したくない
ひどいお父さんだったから
と英語で言っていた
インストラクターはうんうんと頷いていた

クリスには血のつながらないお父さんが三人いる
国もことばもちがう人もいるし
思い出したくもない人だっている

命令形は使いたくないが練習しておく
他国のことばで命令しなければならないとき
命令されるときのために

古家二軒

三十年ほど前にいなくなった家主が
いきなり戻ってきた
見た目も中身もさんざんなわたしに
がっかりしたよう

ひとしきりわたしの様子を見て
近所の年配者に隣家のことを尋ねに行った
隣もずいぶん前から空き家になっている

隣には子が三人いて
一番上の子は強豪スポーツ選手になり
全国大会まで出たのに心不全で短い生涯
二番目の子は資産家の養子
三番目の子を連れて
隣人はここを後にした

話を聞いてきた家主は
わたしたちの前でぼうっと立っていたが
やがて
振り切るように行ってしまった

子どものとき
家主と隣の一番上の子はよく遊んでいた
その日々が
たった今
わたしたちから蒸発した

音声学者

北の人は
豪雪地帯で生まれた十人兄弟の末っ子
物心つくと
屋根から落ちた雪で
兄姉ふたりがいなくなっていた

何年前からか
惹かれあった南の人と

常夏の島で暮らしている

朝
南の人は畑仕事に行き
北の人は海岸や野山を歩く

北の人は
絶えず聞き耳をたて
低いうなり声や
甲高い裏声をあげる
時には痰を吐くような音をさせたり
唇をブルブルいわせたりする
かと思うと

立ち止まって分厚いメモ帳に描きとめる
うねる線やら何かの記号やらハリネズミやら

夕暮れ
北の人は家に戻り
南の人も畑から帰ってくる
ふたりは互いの一日を語り合う
北のことばと南のことばが
入り混じる

夜
北の人は南の人の寝顔を見つめたあと
発音を変えて数十回言ってみる

忘れたわけじゃないと

III

ドングリさらい

森のあちこちで
落ち葉にねころんでいた
長身のマテバシイと
小柄のコナラと
恰幅のいいクヌギと
中肉中背のミズナラが

さらわれて

小さなセロファンの袋に押しこめられ
逃げられないように
ピンクの輪ゴムできゅっと絞められた

不可抗力のできごと

体形はちがうが
色つやの似た同類と
きゅうくつな袋の中で
体を寄せ合う四者

あまりにもほのぼのしすぎていて
とてもまともに見ていられない

思い込み

平日の朝は
私鉄電車に一時間ほど乗って
他県に行っていた

通勤通学時間帯は座れず
つり革につかまって
ほぼ目をつむっているが
低い山々を背にした郊外に

電車がさしかかると
窓の外を眺めて落ち着かなくなる
開けた平野の向こうを
ＪＲの列車が走っている

だいたいいつもの時間にいつもの場所

同じ方向に行くＪＲ列車とは
近づいたり離れたりしながら
しばらく並走し
反対方向に行くそれとは
近づいたり離れたりしながら

すれ違う

出遭えれば
わけもなく安心し
わずかな時間差で出遭えなければ
わけもなく肩をおとす

そのときは
どこかへ運ばれていく仲間だと思っていた

待ち人

地下一階から地下三階までの書庫に
膨大な紙やテープやフィルムがある

運搬用の狭いエレベーターに
ひとり格納され
地下におりていく

センサーでつく照明

自動ドア
空調音
検索端末機
電動書架

誰もいない

誰かの残したものが
消されずに
無人の地中で
守られている

みんな

声を出さずに
無人の地中で
訪ねてくる人を待っている

バレエ少女

足の指から頭の先まで
体の何もかもが
風にゆれるくらいやわらかく
どこまでも伸びているように

そんなわけで
体のあっちこっちが
放射状に引っ張られる

そんなわけで
レッスンが終わるころには
体のあっちこっちが
伸びきったままになる

体が元に縮みはじめると
着替えもせず
バレエシューズもぬがず
ひとまわり大きな靴に足をつっこみ
世間の道に走り出る

けいこ場や舞台でしか見られない

異世界の衣装をつけた小さなバレリーナ

鍛えに鍛えた足の指
大きな靴が脱げないように
思いっきり
自由に靴音を鳴らして駆けていく

ある錯覚

何千年も前の人たちが
七つの大木を倒し
たて半分に割った十四本を
海山見える地に運び
円形に突き立てた

何のために造られたかわからず
いつとはなしに

その木柱の環に近寄る者はいなくなった

話を聞いて
ひとりの知りたがり屋がよそからやってきた

木柱のすきまから環の内側に入ると
閉じ込められたような感覚をおぼえ
丈の高い古びた木柱の先を
おそるおそる見上げたとき
小さく息をのんだ

空をまるく穿つ十四の頂点

まさに今
自分は土中に埋められようとして
地上最後の明かりの環を見ている

と錯覚して
猛然と環から飛び出した

尽きることのない後悔の歳月
果てることのない空の晴朗

ペットボトルのぶどうジュース

校外学習に来た子どもたち
校長先生の話がすむまで
みんな広場にしゃがんでいる

でもやはり
おとなしくしていられない者がいる

ひとりの子どもが

近くの木にサルのように登ったかと思うと
太い枝に両足をかけてコウモリのようにぶら下がり
上半身をゆらしてとび下りたかと思うと
高い柵をとびこえ
三回続けてみごとな倒立回転

引率の先生があわてて追いかける

こっちのほうがおもしろいよ

大声で呼びかけたその子どもはつかまえられ
元の所に座らされると
今度は先生の目を盗んで

リュックからペットボトルを出し
ぶどうジュースを飲む

キャップをすばやくしめてリュックに押し込むところを
先生は見のがさない

お茶か水じゃないとだめだって
わかってるよね

そのとたん
子どもは力いっぱいペットボトルを遠くに投げつける
ペットボトルは音をたてて地面に大きくバウンドし

密閉された透明のかべに
赤紫の波が激しくたたきつけられ
しぶきをあげて荒れくるう

知られることのない関係

日の当たらない部屋に置かれたわたしは
なすすべもなく閉ざされている

音を出せない間は
いつでもすぐ動けるように
目をつむって体を休めている
そのときのために

ときどき背の低い住人が現れ
椅子の高さをちょうどよくして
わたしの前に座る

その人が
鍵盤に触れるか触れないかのところで
待ちわびた指を引きよせ
全身をあずけたら
その人の愛を失わないように
夢中で自分の音を響かせる

背の低い住人は

だれに対しても本心を閉ざしている

何もする気になれない間は
かすかに向かってくる音のつながりに
ずっと耳を傾けている
そのときのために

ときどき日の当たらない部屋に行き
椅子の高さをちょうどよくして
ピアノの前に座る

自分が
鍵盤に触れるか触れないかのところで

待っていたように指をとられ
全身をあずけたら
あの音のつながりを失わないように
指がほてるまで音を響かせる

その日も曇天で

一日に三便しか発着しない
森に囲まれた過疎地の空港

年に一度のイベント
空港につづく広場には
バックに白い布を張ったステージができている

その日も曇天で

集まった老若男女は数えるほど
騒がしくないざわめきの中
みんな何かが始まるのを待っている

十代と思しきひとりが
思いっきり声を張り上げると
スラリとした学生風の女子たちが
次々とアイドルネームを呼ばれて
元気よくステージに飛び出してくる
ご当地アイドルらしく
歌もダンスもそろっている

観客にまじって

十代と思しきひとりが
思いっきり声を張り上げると
スラリとした学生風の男子たちが
次々とアイドルネームを呼んで
アイドルたちに元気よくかけ声をかける
地元の男子高校生らしく
かけ声も歌やダンスに合っていてそろっている

集まった人たちは誰からともなく
音楽に合わせて手拍子を打っている

近づいてくる同調の波
いつもなら逃げ出したくなるところだが

こういう波には
たわいなくさらわれたい

あとがき

　このたび、出版を受け入れてくださった思潮社の小田啓之氏、髙木真史氏に心から感謝申し上げます。また、拙作に過分なお言葉を賜りました佐川亜紀氏に心からお礼を申し上げます。そして、当方の出版に関わってくださったすべての方々、本当にどうもありがとうございました。

二〇二四年十一月

野木ともみ

野木ともみ　のぎ・ともみ

一九六〇年生まれ

詩集

『図工室のリリアン』（二〇二一年、砂子屋書房）

『屋上のボール』（二〇二二年、砂子屋書房）

日本現代詩人会会員、横浜詩人会会員

その日も曇天《どんてん》で

著者
野木《のぎ》ともみ
発行者
小田啓之
発行所
株式会社 思潮社
〒一六二―〇八四二 東京都新宿区市谷砂土原町三―十五
電話〇三（三二六七）八一五三（営業）
〇三（三二六七）八一四一（編集）
印刷・製本
創栄図書印刷株式会社
発行日
二〇二五年一月十五日